VERSION PORTUGAISE

DE

L'ODE A CAMOENS

DE M. RAYNOUARD.

Se trouve à Paris

CHEZ LHEUREUX, LIBRAIRE,

Quai des Augustins , n°. 37.

VERSION PORTUGAISE

DE

L'ODE A CAMOENS

DE M. RAYNOUARD,

MEMBRE DE L'INSTITUT ROYAL DE FRANCE (ACADÉMIE FRANÇAISE ET ACADÉMIE DES
INSCRIPTIONS ET BELLES-LETTRES), SECRÉTAIRE PERPÉTUEL DE L'ACADÉMIE FRAN-
ÇAISE, OFFICIER DE LA LÉGION-D'HONNEUR, CHEVALIER DE L'ORDRE ROYAL DE SAINT-
MICHEL, ETC., ETC.;

AVEC DES NOTES, ETC.

DU TRADUCTEUR.

A PARIS,

DE L'IMPRIMERIE DE H. FOURNIER,

RUE DE CLÉRY, N° 9.

M DCCC XXV.

A M. RAYNOUARD.

Monsieur,

En vous offrant la traduction en vers portugais de votre Ode à Camoens, je vous rends ce qui vous appartient ; en monnaie peut-être de mauvais aloi ; car je ne suis ni poète, ni Portugais. L'étude que j'ai faite de vos ouvrages sur les langues du midi de l'Europe a déterminé ma prédilection pour la portugaise, comme la plus proche de la latine, et la plus concise de ses sœurs.

J'ai fait, Monsieur, tout mon possible pour vous faire dire en portugais l'équivalent de tout ce que vous avez dit en français : comme traducteur, c'était mon devoir.

J'ai fait plus ; je me suis astreint à ne donner à chacune des stances de ma version
que le même nombre de syllabes ou pieds
que renferment les vôtres. Ce travail, plus
pénible que poétique, m'a pleinement con-
vaincu de l'exactitude de vos observations
sur la concision des langues méridionales ;
car, par cette tâche que je me suis imposée, j'ai été forcé d'ajouter des épithètes,
et quelquefois des conceptions que j'ai ren-
dues, autant que j'ai pu, conséquentes aux
vôtres : dans les notes je vous en fais mes
excuses.

L'allocution que, dans votre Ode, Camoens fait aux Portugais, je me suis com-
plu à la rendre avec les expressions dont
il s'est servi dans son épopée : c'est un vrai
centon ; j'indique les endroits d'où j'ai dé-
taché les pièces, et jusqu'à des vers entiers ;
je n'ai donc, dans tout ce travail, que le
faible mérite de ravaudeur, et, tout au plus,
celui d'avoir parlé la langue des classiques
reconnus comme les meilleurs par les littérateurs de la nation portugaise.

Sur la facture de mes vers et leur qualité, je dirai d'abord que je ne me flatte pas qu'on me fasse l'honneur de les critiquer ; et si quelqu'un s'en donne la peine, il attendra long-temps mes remercîmens. Quant à leur facture, l'on voit qu'ils sont endécasyllabes et heptasyllabes , interposés dans chaque stance d'une manière uniforme et identique. Quatre grands vers font 44 pieds, et les six petits-42 ; ces deux nombres donnent 86 pieds ; et tel est, je crois, Monsieur, le nombre des pieds de chaque stance de votre Ode. Quant à la qualité bonne ou mauvaise de mes vers, que les littérateurs portugais la jugent, et prononcent telle condamnation qu'ils voudront ; je m'y soumets d'avance et sans réserve de chicane ultérieure. S'ils trouvent mauvais que j'aie eu l'audace d'écrire dans une langue qui n'est pas la mienne ; qu'ils réfléchissent sur le nombre d'auteurs et de poètes modernes qui ont composé et composent encore dans les langues mortes, qui nous en ont donné des grammaires et des dictionnaires ; et sur celui des savans Européens à qui nous devons de bons élémens des langues orientales les moins connues en Europe. Enfin qu'ils veuillent bien se rappeler que c'est à un Français (*), né en Angleterre, et que le hasard conduisit à Lisbonne à l'âge de plus de trente ans, vers la fin du dix-septième siècle, que la nation portugaise doit le premier dictionnaire de sa langue.

J'ai placé, monsieur, ma version en regard de votre ode ; puis, je la répète en l'interlignant de latin, peu élégant il est vrai, souvent incorrect, mais assez intelligible pour que nos littérateurs puissent se rendre compte de l'analogie qui existe entre ces deux langues : j'ai de plus donné en prose française une traduction littérale de mes vers ; j'ai accompagné tout ce travail de quelques notes. Par ces moyens il sera facile d'apprécier une langue à laquelle

(*) Raphaël Bluteau, mort à Lisbonne en 1734. Son vocabulaire portugais, in-f° en 8 vol. et 2 de supplément, a été publié depuis 1712 jusqu'en 1727.

vous avez donné, monsieur, quelque valeur en France, en louant si dignement son plus grand poète, et le premier en date des épiques modernes.

Agréez, monsieur, ma sincère et respectueuse considération.

Paris, 1ᵉʳ décembre 1818.

ODE
A CAMOENS,

PAR

M. RAYNOUARD,

AVEC

UNE VERSION PORTUGAISE EN REGARD.

ODE

A CAMOENS.

I.

Habitans des rives du Tage,
Dirigez mes pas incertains :
J'apporte mon pieux hommage
Au chantre heureux des Lusitains ;
Montrez-moi l'auguste retraite
Où repose ce grand poète,
Comblé d'honneurs et de bienfaits...
Que vois-je ? votre indifférence
Dans le besoin, dans la souffrance,
Laisse l'Homère portugais !

II.

Barbares ! l'affreuse indigence,
Les noirs chagrins et la douleur,
Auraient épuisé sa constance,
S'il ne dominait le malheur.
Dans ce délaissement funeste,
Un ami toutefois lui reste,
Mais ce n'est pas un Lusitain :
Chaque soir, sa main charitable
Quête le pain que, sur leur table,
Ils partagent le lendemain.

ODE

A CAMŌES.

I.

Do Tejo en a plaga íncolas!
Guiai meo passo incerto:
Sagrada offrenda levo, reverente,
Dos Lusitanos aó cantor ditoso;
Mostrai-me o augusto abrigo
Onde, opulento e de honras
Farto, stá vosso Vate.....
Que vejo? vossa torpe indifferença
Deixa em total penuria e soffrimento
O portuguez Homéro!

II.

Barbaros! fome horrenda,
Dôr crua e negras mágoas
Acaso sua constancia estancariam,
Si elle nom dominára a desventura.
Em tanto desamparo,
Résta-lhe um só amigo,
Mas nom he Lusitano:
De um compassivo Jáo a mão, de noute,
O aziago pam mendiga, que ambos
Tragam no dia póstero.

III.

Antonio ! ton digne maître
T'aurait célébré dans ses chants;
Les miens t'assureront peut-être
Des souvenirs non moins touchans.
Apprends, serviteur magnanime,
Qu'un dévouement aussi sublime
D'âge en âge sera cité.
Oui, de mes chants écho fidèle,
L'avenir dira que ton zèle
Ennoblit la mendicité.

IV.

Cependant ce zèle pudique,
Durant la nuit, à demi-voix,
Demande à la pitié publique
D'acquitter la dette des rois.
Pourquoi te cacher ? Bélisaire,
Étalant sa noble misère,
Ne croyait pas s'humilier,
Lorsque ce casque, où la Victoire
Ceignit les palmes de la Gloire,
Était réduit à mendier.

III.

Antonio ! teo digno amo
Celebrar-te em seos versos
Nom poude ; os meos te dam talvez a fama
De teo zelo sem-par bem merecida.
    Sabe , ó servo extremoso,
    Que será tua virtude
    D'évo em évo lembrada.
Vindoura edade, de meos cantos éco,
A's seguintes dirá : d'Antonio o zelo
    A mendiguez nobrece.

IV.

Com affam tam pudico,
    De noute, e em voz sumida,
A publica piedade ancioso imploras,
Que a dívida dos Reis, com seitis, pague.
    Antonio, nom te escondas :
    De sua nobre miseria
    Ufano, Belisario
Sem pejo ouve em seo elmo, que a Victoria
De gloriosas palmas circundára,
    Tinnir pedida esmola.

V.

Ose te montrer dans Lisbonne,
Mendie à la clarté du jour,
Impose une pieuse aumône,
Et sur le peuple, et sur la cour.
Qu'avec toi l'illustre poème,
Plus hardi que l'auteur lui-même,
Implore ses concitoyens :
Et les cœurs les plus insensibles
Frémiront à ces mots terribles :
FAITES L'AUMÔNE A CAMOËNS.

VI.

Mais non : digne rival d'Homère,
De son indigence héritier,
Il sait souffrir, il sait se taire,
Il veut le malheur tout entier.
Leur pitié serait un outrage :
Que la gloire le dédommage
Et de sa vie et de sa mort !
Fort de courage et d'espérance,
Il se résigne à la souffrance,
Sans orgueil comme sans effort.

V.

Vaga afouto em Lisboa,
   A' luz do sol, mendiga;
Um piedoso tributo impõe, sevéro,
E sobre a ingrata corte, e sobre o povo.
   Que em tuas mãos o poema,
   Mais que seo vate, ousado
   Argua os Portuguezes!
Estremecer verás seos férreos peitos,
Como as terribeis vozes tu profiras:
   UMA ESMOLA A CAMŌES.

VI.

Nom; émulo de Homéro,
   De sua pobreza herdeiro,
Camões calado pena, e a desdita
Quer encarar inteira, destemido.
   Piedoso soccorro
   Grave insulto lhe fôra:
   ¿ Na angustia vive, e morre?
Vinga-lo, ben o sabe, incumbe á Gloria:
Espera resignado, e soffre o fado
   Sem pezar, sem suberba.

2

VII.

Écoutons ; il parle, il s'écrie :
« Portugais ingrats ou jaloux !
« Lorsque j'illustrais ma patrie,
« Je n'ai rien espéré de vous.
« Je souffre, mais j'ai l'assurance
« Qu'un jour de votre indifférence
« Vos enfans sauront s'indigner :
« Je souffre, mais avec courage ;
« Ma gloire est de braver l'outrage,
« Ma vertu de le pardonner.

VIII.

« Et n'ai-je pas offert moi-même,
« Dans les succès de mes héros,
« Le consolant et digne emblème
« Du génie et de ses travaux ?
« Pour conquérir aux eaux du Tage
« Les tributs d'un lointain rivage,
« Suffisait-il de la valeur ?
« Non, non ; il leur fallait encore
« Cette constance qui s'honore
« De lutter contre le malheur.

VII.

Que ouço ? he Camões ! Silencio...
« Lusos ingratos, ínvidos !
« Quando á patria tamanha gloria e fama
« Consagrei, eu de vós nada esperava.
    « Soffro, mas certo digo,
    « De vossa indifferença
    « Horror terám vindouros.
« Soffro, sim com valor; he gloria minha
« Ultrajes arrostar; e, perdoando-os,
    « Reluz minha virtude.

VIII.

  « Como? nom tenho eu dado,
    « De heroes meos nós successos,
« O mais consolador e digno emblema
« Do genio ás arduas obras sobranceiro?
    « Para o suberbo Téjo
    « Honrar, e enriquece-lo
    « Co'os Indicos tributos;
« Valor, dizeis, bastava? nom;... sobrou-lhes
« Aturada a constancia que, per brio,
    « Co'a sorte lutta avessa.

IX.

« Le géant du Cap des Tempêtes
« Soudain se dresse devant eux,
« Déploie au-dessus de leurs têtes
« Son corps immense, monstrueux :
« D'une main il touche aux nuages
« D'où la foudre et tous les orages
« Seront à l'instant détachés;
« De l'autre il refoule les ondes,
« Ouvrant les cavités profondes,
« Où les abîmes sont cachés.

X.

« *Fuyez*, leur dit-il avec rage,
« *O téméraires étrangers !*
« *C'est moi qui fermai ce passage;*
« *Ici j'amasse les dangers.*
« Mais eux, au haut du promontoire,
« Ont bientôt reconnu la Gloire,
« Qui les promet à l'Univers :
« Soudain ces guerriers magnanimes,
« Bravant la foudre et les abîmes,
« Ravissent le sceptre des mers.

IX.

« D'improviso, a seos olhos,
« De Adamastor sanhudo
« A disforme e grandissima estatura
« Apparece, de rosto carregado :
    « Das nuvens, com a dextra,
    « Raios vibra,... tormentas;
    « Rasga, co'a sestra, as ondas
« Que as entranhas escondem do profundo,
« Onde ao marte naval, á audaz cubiça
    « Cabe commum jazigo.

X.

« *Voltai*, brada raivoso,
« *Fugí, o temerarios!*
« *Os términos per mi sempre vedados*
« *Cessai de quebrantar..... Aquí perigos*
    « *Junto... o menor he morte...*
    « Mas, de sanhas zumbando,
    « Lusos dóbran o cabo,
« E a Gloria avistam ja, que ao Orbe os vota.
« Sem mora, abysmos, raios desprezando,
    « Roubam do mar o sceptro.

XI.

« Qui n'applaudit en cette image
« L'homme dont l'intrépidité
« Force le pénible passage
« Qui mène à la postérité ?
« Si jusqu'aux palmes immortelles,
« Il tente des routes nouvelles
« Son siècle voudra l'en punir;
« Mais quand l'ignorance et l'envie
« Persécutent sa noble vie;
« Il se jette dans l'avenir.

XII.

« Et n'attendez pas qu'il se plaigne
« Ni des hommes ni du destin;
« Qu'on l'oublie ou qu'on le dédaigne,
« Son espoir n'est pas incertain.
« Souvent l'envie inexorable
« S'applaudit d'un essai coupable;
« Elle croit l'avoir insulté :
« Et lui, sans regret ni murmure,
« Expiant la gloire future,
« Rêve son immortalité.

XI.

« ¿ Podeis vós neste quadro
« Nom louvar o homem forte,
« Cuja constancia a brónzea porta arromba
« Que o caminho lhe embarga á fama eterna?
« Si, por immortaes palmas
« Colher, novas veredas
« Trilha ; embóra seo século
« Castigue d'um grand'genio a ousadía ;
« Que, de ignorancia víctima e de inveja,
« Prompto, ála-se ao futuro.

XII.

« Contra homens, contra fado
« Nom lhe ouvireis queixumes ;
« Desprezado, esquecido, sua 'sperança
« Vãa nom he. ¡ Quantas vezes, despiedosa
« Jácta-se a vil inveja
« D'um culpabil ensaio,
« Com que pensa insulta-lo !
« Elle entom, sem pezar e sem doestos,
« Sua gloria futura lédo expiando,
« Immortal se vislumbra.

XIII.

« Et que nous font les vains hommages
« D'un peuple follement épris;
« Qui tour à tour à nos images
« Porte le culte ou le mépris?
« Écoutons l'instinct magnanime
« Qui nous prédit la longue estime
« Des temps et des lieux ignorés:
« Que le vulgaire nous condamne,
« Autour de nous tout est profane,
« Nous n'en sommes que plus sacrés. »

XIV.

Il a dit. Mon respect contemple
Ce vainqueur de l'adversité,
A l'univers donnant l'exemple
De souffrir avec dignité.
Imitez cet exemple auguste,
Talens qu'outrage un sort injuste,
Ou l'ignorance des mortels;
Soutenez cette noble lutte:
Si, vivans, on vous persécute,
Morts, on vous dresse des autels.

XIII.

« ¿ De que servem vãos cultos
« Do vulgo apaixonado
« Que, grato, honrosas státuas ja nos ergue,
« E ja derriba-as, louco? Ouvir nos cumpre
 « O magnánimo instincto
 « Que em évo e clima ignotos,
 « Perenne estima abona :
« ¿ Tratam-nos com desdem, com injustiça?
« Cercados si vivemos de profanos,
 « Somos pois mais sagrados. »

XIV.

Camões disse... Acatado,
O vencedor contemplo
Da adversa sorte, ao mundo exemplo dando
Do mais nobre penar. O vós, Talentos,
 Liçom tomai tam digna :
 De homens pela ignorancia,
 Ou pelo iniquo fado
Ultrajados, sustei tam nobre lutta :
Vivos, vexados sois? Mortos, sobre aras,
 Culto haveis sumptuoso.

VERSION PORTUGAISE,

INTERLIGNÉE DE LATIN,

SUIVIE DU SENS LITTÉRAL DES VERS PORTUGAIS EN PROSE
FRANÇAISE, ET ACCOMPAGNÉE DE NOTES.

VERSIONS

PORTUGAISE ET LATINE.

I.

Do Tejo en a plaga íncolas !
Tagi in plaga incolæ ?

Guiai meo passo incerto :
Ducite meum passum incertum :

Sagrada offrenda levo, reverente,
Sacratam oblationem fero, reverens,

Dos Lusitanos ao cantor ditoso.
Lusitanorum cantori felici.

Mostrai-me o augusto abrigo
Monstrate mihi augustum asylum

Onde, opulento e de honras
Ubi, opulentus et honoribus

Farto, stá vosso vate.
Fartus, stat vester vates.

Que vejo ? vossa torpe indifferença
Quid video ? vestra turpis indifferentia

Deixa em total penuria e soffrimento
Linquit in totâ penuriâ et sufferentiâ

O portuguez Homero !
Lusitanum Homerum ?

VERSION FRANÇAISE..

Habitans dans la région du Tage ! guidez mes pas incertains : respectueux, je porte une offrande consacrée au chantre heureux des Lusitains. Montrez-moi l'auguste abri où, opulent et rassasié d'honneurs, est votre poète. Que vois-je? votre honteuse indifférence laisse en totale pénurie et souffrance l'Homère portugais !

NOTES.

« Do Tejo en a plága íncolas ! » Voilà quatre mots qui donneront lieu à force controverses ; 1° *en a* (prép. et art.): les classiques portugais écrivaient ainsi, lorsqu'ils voulaient éviter l'hiatus *em a, em o*, etc.; leurs éditeurs ou imprimeurs, croyant que leur langue ne pouvait avoir de désinences en *n*, et voulant toutefois conserver cette union euphonique, imprimaient *em na, em no*, etc. Une telle absurdité rend toujours difficile, et quelquefois amphibblogique la lecture des auteurs portugais. Ex : Cam. Lus. X, 38.

« Occultos os juizos de Deus são !
« As gentes vãas que não nos entenderam. »

Au lieu de *non os* : *os* est ici article relatif à *juizos* du vers précédent, et non le pronom personnel *nos*, nous. Je pourrais citer nombre d'erreurs de ce genre dans les meilleures éditions de Camoens et d'autres classiques d'une langue qui n'a pas actuellement d'orthographe raisonnable, mais qui jadis en eut une beaucoup moins absurde.

2° Le mot «*plaga*,» est également latin et portugais : il a les mêmes acceptions dans ces deux langues.

3° «*íncolas*.» Les portugais d'aujourd'hui trouveront ce mot peut-être trop latin pour leur langue : il est dans Camoens ; cela me suffit :

«E nella entom os *íncolas* primeiros.» Lus. III, 21.

II.

Barbaros ! fome horrenda,
Barbari! fames horrenda,

Dôr crua e negras magoas
Dolor crudelis et nigri mœrores

Acaso sua constancia estancariam,
Forsan ejus constantiam exhaurirent,

Si elle nom dominára a desventura.
Si ipse non dominaretur infelicitati.

Em tanto desamparo
In tanto derelictu

Résta-lhe um só amigo,
Restat illi unus solus amicus,

Mas nom he Lusitano :
Sed non est Lusitanus:

De um compassivo Jáo a mão, de noute,
Unius commiserati Javanensis manus, noctu,

Esse aziago pam mendiga, que ambos
Hunc acerbum panem mendicat. quem ambo

Tragam no dia póstero.
Vorant in die postero.

Barbares ! la faim horrible, la douleur cruelle,
les noirs chagrins, peut-être, épuiseraient sa
constance, s'il ne dominait le malheur. Dans un
si grand abandon, un seul ami lui reste, mais il
n'est pas Lusitain : de nuit, la main d'un *Javanais*
compatissant mendie ce pain acerbe que tous deux
dévorent le jour d'après.

NOTES.

«De um compassivo Jáo.» *Compassivo*, en portugais,
ne signifie pas la même chose que *compadecido* : com-
passivo, signifie, qui souffre avec quelqu'un, et c'est
le cas de «Antonio Jáo,» domestique de Camoens :
« *compadecido*,» signifie, qui s'apitoie sur le malheur
d'autrui. Les classiques portugais savaient faire cette
distinction : aujourd'hui, les écrivains de cette nation
confondent les deux adjectifs, par manque probable-
ment de dictionnaire de synonymes.

«Jáo,» signifie, Javanais, ou de l'île de Java, patrie du pauvre *Antonio*.

«*Aziago*,» adj. dérivé de «azía,» aigreur d'esto-
mac, amertume, etc.; ce mot au figuré, signifie,
amer, aigre, acerbe, etc.

Tragar, verbe, signifie avaler avec dégoût, avec
douleur, avec peine. Ce verbe s'emploie aussi au figuré, l'on dit : «*tragar desgostos, tragar a morte*, etc.»
dévorer des chagrins, avaler la mort, etc.

III.

Antonio ! teo digno amo
Antoni! tuus dignus herus

Celebrar-te em seos versos.
Celebrare te in suis versibus

Nom poude; os meos te dam talvez a fama
Non potuit; mei tibi dant forsan famam

De teo zelo sem-par bem merecida.
De tuo zelo impari benè meritam.

Sabe, ó servo extremoso,
Sci, ó serve deditissime,

Que será tua virtude
Quòd erit tua virtus

De évo em évo lembrada.
Ab ævo in ævum memoranda.

Vindoura edade, de meos cantos éco,
Ventura ætas, meorum cantuum echo,

A's seguintes dirá : de Antonio o zelo
Sequentibus dicet : Antonii zelus

A mendiguez nobrece.
Mendicitatem nobilitat.

Antonio ! ton digne maître n'a pu te célébrer dans ses vers ; les miens te donnent peut-être la renommée bien méritée par ton zèle sans pareil. Sache, ô serviteur dévoué, que ta vertu sera de siècle en siècle mémorable. L'âge à venir, écho de mes chants, dira aux suivants : *le zèle d'Antonio ennoblit la mendicité.*

NOTES.

Les mots « amo, ama » viennent du latin « almus, a, um », adject. dérivé du verbe « alere, o, ui, » etc. ; il signifie en portugais, comme en latin, « nourricier, » au féminin, « nourrice, etc » ; et au figuré, maître de maison, précepteur, gouverneur de jeunes princes, etc. (Cam. Lus. Ch. III, st. 55. « O fiel Egas amo, » le fidèle Egas, son gouverneur.)

« Extremoso, » adject., signifie : qui pousse jusqu'à l'extrémité les preuves d'amitié, d'amour, etc. ; le mot « dévoué » ne me semble pas rendre toute la force du portugais « extremoso. »

IV.

¿ Com affam tam pudico,
Cum studio tàm pudico,

De noute, e em voz sumida,
Noctu, et voce submissá,

A publica piedade ancioso imploras,
Publicam pietatem anxius imploras

Que a dívida dos reis, com seitis, pague.
Ut debitum regum, cum assibus, solvat.

Antonio, non te escondas:
Antoni, non te abscondas:

De sua nobre miseria
Suá nobili miseriá

Ufano, Belisario
Superbiens, Belisarius

Sem pejo ouve nesse elmo, que a Victoria
Sine rubore audit in ipsá galeá, quàm Victoria

De gloriosas palmas circundára,
Gloriosis palmis circumdárat

Tinnir pedida esmola.
Tinnire petitam eleemosynam.

Avec une peine si pudique , de nuit et à voix basse, tu implores la pitié publique, pour qu'elle paye, avec des mailles, la dette des Rois? Antonio, ne te cache pas : Bélisaire, enorgueilli de sa noble misère, sans rougir entend dans ce casque, que la Victoire avait ceint de palmes glorieuses, sonner l'aumône demandée.

NOTES.

« Affam » a la même signification en portugais, qu'en italien le mot « affanno », excès de peine, de travail d'esprit, de cœur, etc.

« Com seitis »; le *seitil*, de même que le *re* ou *real*, est en Portugal la plus petite pièce de monnaie connue : je l'ai traduit en français par *maille*, et en latin par *as, assis*. Je crois que la phrase latine *rem non assis facere* se traduit en portugais *nom dar um seitil por uma cousa;* et en français *ne point donner une maille,* ou *un sou, pour une chose.*

« Tinnir », verbe portugais très classique, qui signifie la même chose qu'en latin, le verbe « tinnire io, ii, etc. » Comme Bélisaire était aveugle, il ne pouvait être sensible qu'au son de l'obole que l'on jetait dans son casque : c'est pourquoi j'ai fait usage du verbe « tinnir ».

V.

Vaga afouto em Lisboa,
Vagare impavidus in Lisboná,

A' lúz do sol mendiga;
Ad lucem solis mendica;

Um piedoso tributo impõe, severo,
Miserandum tributum impone, severus,

E sobre a ingrata corte, e sobre o povo.
Et super ingratam aulam, et super populum.

¡ Que em tuas mãos o poema,
Quàm in tuis manibus illud poema,

Mais que seo vate, ousado
Magis quàm ipsius vates, audax

Argua os Portuguezes!
Arguat Lusitanos!

Estremecer verás seos férreos peitos,
Extremiscere videbis eorum ferrea pectora,

Como as terribeis vozes tu profiras:
Cùm hasce terribiles voces tu proferas:

Uma esmola a *Camoes.*
Unam eleemosynam ad Camões.

Parcours Lisbonne, sans crainte, mendie à la lumière du soleil; impose, sévère, un tribut de compassion, et sur la cour ingrate, et sur le peuple. Qu'en tes mains ce poëme, plus hardi que son poëte, accuse les Portugais ! tu verras frémir leurs entrailles de fer, pourvu que tu profères ces mots terribles : *une aumône à Camoens.*

NOTES.

« Um piedoso tributo », un tribut de compassion : « piedoso » en portugais, ne signifie pas la même chose que « pio : pio» se rend en français par, religieux, dévot, pieux etc. ; et « piedoso » par « piteux, ou qui excite la pitié, ou qui y est sensible ». « ingrata corte » j'ai ajouté l'épithète *ingrate*, pour remplir mon vers : au reste je ne la crois pas oiseuse. Camoens avait force raisons de se plaindre des nobles dont il avait illustré les ancêtres. Lus. Ch. VII, st. 79 et suivantes.

Terribeis, pluriel de l'adj. *terribil*, en latin *terribilis*. V. la note à la st. XII.

« Uma esmola a Camões.» Ce vers n'a que six syllabes au lieu de sept, parce qu'il termine sur l'accentuée « ões ». Les Portugais donnent à cette sorte de vers le nom de « verso agudo » et les italiens celui de «tronco» c'est la même chose que le vers masculin français. Si j'ai fait ce petit vers « agudo, tronco, ou masculin » ; c'est que j'ai voulu conserver la phrase technique des mendians portugais : « uma esmo a ao cego, ao cocho, etc.»; une aumône à l'aveugle, au boiteux, etc. : c'est ainsi qu'ils la demandent, sous-entendant *donnez.*

VI.

Nom; émulo de Homéro,
Non; æmulus   Homeri, .

De sua pobreza herdeiro,
Ejus   paupertatis   hæres,

Camões calado pena, e a desdita
Camões   silens   patitur, et infelicitatem

Quer encarar inteira destemido.
Vult   audere   integram imperterritus.

Piedoso   soccorro
Miserandum   auxilium

Grave insulto lhe fôra.
Gravis contumelia illi foret.

¿ Na angustia vive, . . . e morre?
In   angustiá   vivitne, . . .   moriturve?

Vinga-lo , ben o sabe, incumbe á Gloria:
Vindicta illius, benè hoc scit .   incumbit   Gloriæ :

Espera resignado , e soffre o fado,
Sperat   acquiescens, et suffert   fatum,

Sem pezar, sem suberba.
Sine acerbitate, sine   superbiá.

Non. Émule d'Homère, héritier de sa pauvreté, Camoens souffre en silence, et sans effroi il veut affronter le malheur tout entier. Un secours de pitié serait pour lui une grave insulte. Vit-il, meurt-il dans la détresse? l'en venger, il le sait bien, c'est le devoir de la Gloire. Résigné, il espère, et souffre le destin, sans aigreur, sans orgueil.

NOTES.

J'écris NOM, NON et NO, comme l'écrivaient les bons classiques du 16ᵉ siècle, et suivant que l'euphonie l'exige, d'après la place que cette particule négative occupe dans la phrase. Vers la fin du 16ᵉ siècle, les provinces méridionales du Portugal ont substitué, dans cette négative et dans nombre de désinences, l'*a* à l'*o* : l'édition *princeps* de Camoens de 1572 en fait foi. Enfin les littérateurs modernes, dans le doute, ont admis les deux voyelles conjointement, avec la surcharge du signe –; origine de l'interminable « ão »!!!

« Espera resignado ». Ce participe ou adjectif a le même sens en portugais qu'en français : en latin le mot « resignatus » signifie, je crois, toute autre chose. Le sens du mot « resignado, et résigné » correspond mieux peut-être à celui de « acquiescens » que j'ai employé dans l'interligne.

« Pezar, » subst. m. chagrin, peine, regret, aigreur d'ame, etc.

VII.

Que ouço? he Camões! silencio.....
Quid audio? adest Camões! silentium.....

« Lusos ingratos, ínvidos !
« *Lusiades ingrati, ínvidi!*

« Quando á patria tamanha gloria e fama
« *Quando patriæ tàm magnam gloriam et famam*

« Consagrei, eu de vós nada esperava.
« *Consecravi, ego de vobis nihil sperabam.*

« Soffro,.... mas certo digo,
« *Suffero,.... sed certus dico,*

« De vossa indifferença
« *A vestrá indifferentiá*

« Horror terám vindouros.
« *Horrorem habebunt venturi.*

« Soffro, sim com valor; he gloria minha
« *Suffero, equidem cum valore; est gloria mea*

« Ultrajes arrostar; e perdoando-os,
« *Convicia aspernari; et parcendo,*

« Reluz minha virtude.
« *Relucet mea virtus.*

Qu'entends-je ? C'est Camoens ! silence.....
« Lusitains ingrats, envieux! Quand j'ai consa-
cré à la patrie une si grande gloire et renommée,
je n'attendais rien de vous. Je souffre..... mais
je dis avec certitude : la postérité aura horreur
de votre indifférence. Je souffre, oui, avec valeur ; ma gloire est de braver les outrages; et en
les pardonnant reluit ma vertu.

NOTES.

« ..... tamanha gloria e fama. »

Lus. ch. V, st. 94.

Dans cette allocution de Camoens il n'y a pas une
seule expression qui ne soit de lui; que le lecteur m'é-
pargne l'ennui d'en chiffrer chaque mot, et à lui-même
celui de chercher ce que des erreurs imprévues de
nombres, dans les citations, l'empêcheraient peut-être
de trouver. Je ne citerai donc que des vers entiers ou
des moitiés de vers.

VIII.

« Como ! ¿ nom tenho eu dado,
  « *Quid !... nonne   ego dedi,*

« De heroes meos nos successos,
  « *Heroum meorum in successibus,*

« O mais consolador e digno emblema
  « *Illud magis   consolans et dignum emblema*

« Do genio ás arduas obras sobranceiro ?
  « *Ingenii in arduis operibus dominantis ?*

« Para o suberbo Téjo
  « *Ad   superbum Tagum*

« Honrar, e enriquece-lo
  « *Honorandum, et locupletandum*

« Co'os Indicos tributos,
  « *Cum. Indicis tributis,*

« Valor, dizeis, bastava ? nom... sobrou-lhes
  « *Valor, dicitis, satis erat ? non... superfuit illis*

« Aturada a constancia que., per brio,
  « *Longanimis ea constantia   quæ,. per decus,*

« Co'a sorte lutta avessa.
  « *Cum   sorte luctatur adversá.*

Comment?..... n'ai-je pas donné dans les succès de mes héros le plus consolant et digne em-
blême du génie dominant dans les œuvres ar-
dues? Pour honorer le superbe Tage et l'enrichir
avec les tributs de l'Inde, la valeur, dites-vous,
suffisait? non : ils avaient de plus cette constance
endurante, qui, par point d'honneur, lutte avec
le sort adverse.

NOTES.

« Como ! » C'est ainsi que commence le fameux dis-
cours de Nuno Alvarès. Lus. ch. IV, st. 15, etc.

« Sobranceiro »; supérieur; mais il dit un peu plus en
portugais: dans le sens figuré il signifie, « qui se place
au-dessus, qui plane, qui regarde d'en haut, etc. »

Per brio : il y a différence entre les deux prépositions *per* et *por. Per* indique l'agent, le moyen ; *por*
l'objet, le but, etc.; comme en français *par* et *pour.*
Les Portugais confondent à présent ces deux prépositions, et, ignorant ce principe logique, commettent
des anomalies absurdes. Comment entendre ces vers :

« De Leiria, que dantes foi tomada
« *Por* quem *por* Mafamede enresta a lança »,
Lus. VIII, 19.

vers que l'on trouve ainsi dans presque toutes les éditions? Pauvre Camoens !

« Aturada » adj. signifie, qui dure avec travail,
avec peine, etc. il correspond exactement au participe
« endurant, du v. endurer ».

IX.

« D'improviso, a seos olhos
   « Ex improviso, ipsorum oculis

« De Adamastor sanhudo
   « Adamastoris iracundia

« A disforme e grandissima estatura
   « Deformis et grandissima statura

« Apparece, de rosto carregado.
   « Apparet, fronte contractá.

« Das nuvens, com a dextra,
   « E nubibus, cum dextrá,

« Raios vibra, . . . tormentas;
   « Ful: ina vibrat,. . . . . procellas;

« Volve, co'a sestra, as ondas
   « Volvit, cum sinistrá, undas

« Te as intimas entranhas do profundo,
   « Tenùs intimis visceribus profundi,

« Onde ao marte naval, e á audaz cubiça
   « Ubi martem navalem, et audacem cupiditatem

« Cabe commum jazigo.
   « Manet commune sepulchrum.

Soudain à leurs yeux, d'Adamastor courroucé
la difforme et grandissime figure apparaît, d'un
air menaçant. Des nues avec la dextre il vibre
la foudre, les tourmentes; avec la gauche, il refoule les ondes jusqu'aux entrailles intimes de la
profondeur; où un commun tombeau attend la
milice navale et l'audacieuse cupidité.

NOTES.

A disforme e grandissima estatura,
O rosto carregado . . .

Lus. ch. V, st. 39.

Te as intimas entranhas do profundo.
. . . . .

Lus. ch. VI, st. 76.

Je replace ici ma première version de l'original; le
lecteur jugera de la préférence à donner à celle-ci ou
à l'autre, pag. 21.

Je crois avoir rendu dans ce vers et les sept qui pré-
cèdent la stance entière de M. Raynouard; mais la
tâche que je me suis imposée ne se trouvant pas remplie,
puisqu'il me manquait 18 pieds, je me suis vu forcé à
suppléer ce nombre par les deux derniers vers portugais.
Je prie M. Raynouard d'excuser une infidélité que la
concision de la langue portugaise, et surtout le centon
que j'ai voulu faire avec les propres expressions de Camoens, et dans son style, m'ont engagé à commettre.

« Onde ao marte naval », etc. « marte » en portugais,
comme « mars » en latin, ne signifie pas toujours le
dieu Mars. Cam. Lus. ch. III, st. 30. « O duro marte »
ardeur guerrière; ch. III, st. 88. « Sancto marte »,
guerre sainte, croisade; ch. IV, st. 15. « Patrio marte »
courage patriotique, ou dû à la patrie. « Marte naval »
c'est le guerrier marin; et l'audacieuse cupidité, la ma-
rine marchande.

X.

« *Voltai*, brada raivoso,
« Redite, *vociferatur rabidus*,

« *Fugi, ó temerarios!*
« Fugite, ò temerarii!

« *Os términos per mi sempre vedados*
« Hosce terminos à me semper vetitos

« *Cessai de quebrantar.... Aqui perigos*
« Cessate perrumpere... Hic pericula

« *Junto... o menor he morte...*
« Jungo... horum minus est mors...

« Mas, de sanhas zumbando,
« *Sed,* iras irridendo,

« Lusos dóbran o cabo,
« *Lusiades retro ponunt promontorium,*

« E a Gloria avistam ja, que ao orbe os vota.
« *Et Gloriam aspiciunt jam, quæ orbi eos vovet.*

« Sem mora, abysmos, raios deprezando,
« *Sine morá, abyssos, fulmina aspernando,*

« Roubam do mar o sceptro.
« *Rapiunt maris sceptrum.*

« *Retournez*, crie-t-il avec rage, *fuyez*, *témé-*
« *raires; cessez de rompre ces limites qué j'ai*
« *toujours défendues;.... ici j'amasse les dan-*
« *gers,.... le moindre, c'est la mort...* » Mais
les Portugais, se moquant de son courroux, dou-
blent le cap et aperçoivent déjà la gloire qui
les voue à l'Univers. Sans retard, méprisant
abymes et foudre, ils ravissent le sceptre des
mers.

NOTES.

Dans le ch. V, depuis la st. 41 jusqu'à la 45, se trouvent
toutes ces expressions menaçantes d'Adamastor. J'ai
dans cette stance, de même que dans la précédente,
amplifié un peu le texte; mais je crois n'en avoir pas
altéré le sens. M. Raynouard voudra bien excuser ces
petites infidélités.

Per mi. V. la note de la st. 8, aux prépositions
per et *por.* J'écris *mi*, et non *mim*, comme Camoens et
tous les classiques ont écrit *mi*, *ti* et *si*, pron. pers.

Au 8ᵉ vers, le verbe *votar* ne signifie pas seulement
en portugais, *voter, vouer;* mais aussi *sacrifier.* C'est
dans ce dernier sens que j'ai traduit cette phrase du
texte « la gloire qui les promet à l'univers »; car les
Portugais ont été réellement sacrifiés par la Gloire à
l'ambition des autres nations : ils ont bien prouvé, et
ils prouvent encore aujourd'hui la vérité du proverbe
« qui trop embrasse mal étreint. »

Le verbe *roubar* du dernier vers, signifie *voler, ravir.*
Les Portugais ont peu de verbes pour exprimer les di-
verses nuances dans l'art de voler. Ils avaient jadis le
verbe *conquistar,* conquérir, mais ils en ont perdu
l'usage, depuis qu'ils se laissent ravir, ce qu'ils ont ravi
à d'autres... Je m'arrête; car si je ne suis ni poète ni
portugais, encore moins suis-je censeur ou missionnaire
de morale politique.

XI.

« ¿ Podeis-vós, neste quadro,
« *Potestis-ne, vos, in ista tabula,*

« Nom louvar o homem forte,
« *Non laudare illum hominem fortem,*

« Cuja constancia a brónzea porta arromba
« *Cujus constantia æneam portam abrumpit,*

« Que o caminho lhe embarga á fama eterna?
« *Quæ viam illi prohibet ad famam æternam?*

« Si, por immortaes palmas
« *Si, ut immortales palmas*

« Colher, novas veredas
« *Carpat, novos. tramites*

« Trilha ; embóra seo século
« *Tentat, frustrà ipsius seculum*

« Castigue d'um gran' genio a ousadia;
« *Castigat unius grandis genii audaciam;*

« Que, de ignorancia víctima e de inveja,
« *Cum, ignorantiæ victima et invidiæ,*

« Prompto, ála-se ao futuro.
« *Promptus aufert se in futurum.*

Pouvez-vous, dans ce tableau, ne pas louer l'homme fort dont la constance rompt la porte de bronze qui lui ferme le chemin à la renommée éternelle? Si, pour cueillir des palmes immortelles, il tente de nouveaux sentiers, qu'importe que son siècle châtie l'audace d'un grand génie? car, victime de l'ignorance et de l'envie, prompt, il s'envole au futur.

NOTES.

« Castigue d'um *gran' genio* a ousadia » : *gran'*, contraction de *grande*. De même qu'en français on dit : grand'mère, grand'croix, etc. Les Portugais disent « gran'cruz, etc. » et ils étendent l'usage de cet adjectif adverbial jusqu'aux noms propres. Exemples: « *gran' Pacheco*, *gran' Mousès*, etc. » On le trouve, dans les bons manuscrits, écrit « gran', ou gram, ou grand' » (Voy. Orth. da ling. port. de D. Nunes do Liam; art. dos diphtongos). Aujourd'hui dans les réimpressions port., même les plus soignées, cet adverbe est représenté par le mot « grão » en lat. granum, en fr. grain; et l'on y voit « grão *Reinha*, grão *Pacheco*, grão *Mousès*, etc. » Dans l'édition des poésies de P. de A. Caminha, donnée par l'Académie R. de Lisbonne, et sortie de ses presses en 1791, l'on trouve, pag. 28 et 29, les vers suivans :

« Mil vezes ouvirás que NÃO he tanto

« GRAM nome, como GRÃO merecimento. »

« NOM Julios, NOM Augustos, NOM Trajanos, etc. »

Eh ! combien d'autres anomalies et erreurs dans cette édition publiée par une Académie!!!

« Prompto, *ála-se* ao futuro. » Le verbe *alar-se* signifie prendre son essor, son vol, s'élever, etc.

XII.

« Contra homens, contra fado
  « *Contra homines, contra fatum*

« Nom lhe ouvireis queixumes;
  « *Non ab eo audietis querimonias;*

« Desprezado, esquecido, sua 'sperança
  « *Contemptus sit, neglectusve, ejus spes*

« Vãa nom he. ¡ Quantas vezes despiedosa
  « *Vana non est. Quotiesne impia*

« Jácta-se a negra inveja
  « *Jactat se nigra invidia*

« De um culpabil ensaio,
  « *Ob quoddam culpabile tentamentum*

« Com que pensa insulta-lo !....
  « *Cum quo putat se illudere illi!*

« Elle entom, sem pezar e sem doestos,
  « *Ille tunc, sine luctu et sine lamentis,*

« Sua gloria futura, lédo, expiando,
  « *Suam gloriam futuram, lætus, expiando,*

« Immortal se vislumbra.
  « *Immortalem se adspicit.*

Contre les hommes, contre le **Destin**, vous ne l'entendrez pas former de plaintes. Méprisé, oublié, son espoir n'est pas vain. Combien de fois la noire et impitoyable envie ne se vante-t-elle pas d'un coupable essai, avec lequel elle pense l'insulter ! Lui, alors, sans regret et sans plainte, expiant de bon gré sa gloire future, s'entrevoit immortel.

NOTES.

« De um culpabil ensaio. » Je fais usage de la désinence en *bil*, et non de celle en *vel*, qui est peu sonore et sans analogie pour la formation des superlatifs, en *bilissimo*, assez usuels dans la langue portugaise. De *culpabil*, *terribil*, *horribil*, etc., viennent plus naturellement les superlatifs *culpabilissimo*, *terribilissimo*, *horribilissimo*, etc., que des positifs *culpavel*, *terrivel*, *horrivel*, etc. Camoens et les écrivains du bel âge de la littérature portugaise ont toujours formé leurs superlatifs d'après la méthode latine : de *aspero* (en latin « asper ») ils disent et écrivent *asperrimo*; de *facil* (en latin « facilis ») « *facillimo*, etc., etc. Comme Camoens s'est toujours servi de la désinence en *bil* et non de celle en *vel*, je l'emploie aussi; d'autant plus que, dans une Ode qui lui est dédiée, et surtout dans les stances où il est censé exprimer ses nobles sentimens, j'ai cru devoir me conformer à son style, et ne pas lui prêter des idiotismes qu'il n'aura pas connus, ou qu'il aurait voulu proscrire. MM. les littérateurs portugais sauront donc m'excuser d'avoir fait parler Camoens à sa manière, et non d'après l'anomalie dont il leur a plu d'adopter et de maintenir l'usage.

XIII.

« ¿ De que servem vãos cultos

   « *Ad quid inserviunt váni cultus*

« Do vulgo apaixonado

   « *Vulgi succensi*

« Que, grato, honrosas státuas ja nos ergue,

   « *Qui, gratus, splendidas statuas jam nobis erigit,*

« E ja derriba-as, louco? Ouvir nos cumpre

   « *Et jam deturbat eas, amens? Audire nobis convenit*

« O magnánimo instincto

   « *Hunc magnanimum instinctum*

« Que, em évo e clima ignotos,

   « *Qui, in œvo et regione ignotis.*

« Perenne estima abona:

   « *Perennem œstimationem spondet.*

« ¿ Tratam-nos com desdem, com injustiça?

   « *Tractant-ne nos cum despectu; cum injustitia?*

« Cercados si vivemos de profanos,

   « *Circumdati si vivimus à profanis,*

« Somos pois mais sagrados. »

   « *Sumus ergò magis sacrati.* »

A quoi servent les vains cultes d'un vulgaire
passionné qui, reconnaissant, tantôt nous érige
des statues honorifiques, et tantôt les renverse
par folie? Il nous importe d'écouter l'instinct
magnanime qui, dans un siècle et un climat
inconnus, nous garantit une estime perpétuelle.
On nous traite avec dédain, avec injustice? Si
nous vivons entourés de profanes, nous sommes
donc plus sacrés.

NOTES.

« ¿ De que servem vãos cultos', etc » : « vãos » pl.
mascul. de l'adj. « vão, ãa ; » en lat. vanus, a, um.
La langue portugaise, capricieuse comme toutes les
autres dans ses usages, a voulu éliminer la nasale *n*,
de tous les mots où elle se trouve, dans leur étymologie,
entre deux voyelles : cette consonne a été substituée
par un trait que les Portugais nomment « til », et
qu'ils placent ou doivent placer sur la première voyelle
qui est la seule affectée de cet accent semi-nasal. Dans
le portugais classique il n'y a peut-être pas vingt
mots avec une semblable désinence : l'employer dans
les verbes, c'est une absurdité. Dans les deux pre-
mières Décades de *Jean de Barros*, imprimées en ca-
ractère gothique ; dans la vie de St. François-Xavier,
par *Jean de Lucena*, et dans d'autres classiques, on
ne trouve que difficilement une telle terminaison, et
là seulement où elle est indiquée par l'étymologie : dans
cette traduction on la rencontre dans deux mots
(stance 2 «mão, stance 5, mãos» ; stance 12 « vãa, et
dans celle-ci, vãos»). Aujourd'hui la désinence «ão»
est tellement en faveur dans la littérature portugaise, que l'on peut s'attendre à voir sous peu de temps
tous les mots de cette langue terminés par cet agrément de mélodie canine. (Voy. Mémoires historiques,
polit., littér., etc., par le ch. d'Oliveira. La Haie,
1743, tom. 1, pag. 368)

XIV.

Camões disse. Ah ! do fado
Camões dixit. Ah!   fati

O vencedor contemplo .
Victorem   contemplor

Com respeito ! Em soffrer brioso, mostra
Cum respectu.   In sufferendo honorabilis, monstrat

Ao mundo exemplo augusto. Vós, talentos,
Mundo exemplum augustum. Vos, præcipui viri,

Licom tomai tam digna :
Præceptum apprehendite tam   dignum:

De homens pela ignorancia,
Hominum ab ignorantiâ,

Ou pela sorte iniqua
Aut à sorte iniquâ

Ultrajados, sustei tam nobre lutta.
Malè accepti, sustinete tàm nobile luctamen.

¿ Vivos, vexados sois ? Mortos; culto e aras
Vivi, vexatine estis? Mortuis, cultus et aræ

Se vos sagram solemnes.
Vobis sacrantur solemnes.

FIN DES VERSIONS PORTUGAISE ET LATINE.

Camoens a dit.... Ah ! je contemple avec respect le vainqueur du Destin ! Plein d'honneur
en souffrant, il en montre au monde l'exemple
auguste. Vous, talens, apprenez une si digne
leçon. Outragés par l'ignorance des hommes ou
par le sort inique, soutenez une si noble lutte.
Vivans, êtes-vous vexés? morts, culte et autels
vous sont consacrés solennellement.

NOTES.

Cette stance diffère un peu de l'autre (p. 25); mais
les variantes que l'on y remarque n'altèrent en rien le
sens de l'original. Obligé de remplir le cadre de 86 pieds
par strophe, je trouvais dans cette 14ᵉ, comme dans
la 9ᵉ, avoir tout dit en moins d'espace; il m'a donc
fallu alonger ma version, et ce besoin m'a mis dans le cas
de joindre le mot *culte* à celui d'*autels*; pensant,
peut-être à tort, qu'un autel sans culte n'est que très-
peu de chose; car un culte suppose au moins un sacerdoce, et des dévots.

Si *Camoens*, depuis plus de deux siècles et demi,
n'a pas encore dans le Portugal, sa patrie, ni autels,
ni culte, ni sacerdoce, ni dévots, ni mausolée, ni
statue, ni même un buste; si au contraire il n'y trouve,
encore aujourd'hui, que des détracteurs et des criti-
ques; au moins en France il a des ministres desservans

de l'autel et, pour mieux dire, du temple magnifique que M. *de Souza-Botelho* lui a élevé en 1817, avec les types et par les soins de *Firmin Didot*. Je veux parler de M. *Raynouard*, dans cette ode; de M. *Millié*, dans sa traduction des *Lusiades*, à laquelle il travaille depuis 1808; de M. *Gilibert de Merlhiac*, traducteur de l'*Araucana*; et de nombre d'autres littérateurs français du premier mérite qui, avec autant de succès que de raison, ont entrepris de venger *Camoens* des inepties de *Duperron de Castera*, des faux jugemens de *Voltaire* et de *Laharpe*, et de la malveillance de quelques-uns de ses compatriotes.

Pour moi, qui dans le culte de Camoens ne pourrais occuper tout au plus que la place de bedeau, qu'il me soit permis de dire que je crois avoir prouvé ma thèse sur la concision de la langue portugaise, mieux que ne l'a fait *Davanzati*, pour l'italienne, dans sa traduction de *Tacite*. *Davanzati*, après avoir compté les lignes, les mots, et jusqu'aux lettres de chaque page de son travail, et en avoir comparé le nombre avec celui de l'original, écourtait, au besoin, sa version par le moyen de phrases du plus bas style, de proverbes et de dictons populaires; il n'a que trop souvent fait parler à *Tacite* un italien trivial et inconvenant. Moi, je crois avoir traduit M. *Raynouard* aussi fidèlement que l'étude que je fais de la langue portugaise me l'a indiqué; souvent mot pour mot, et toujours, autant qu'il m'a été possible, dans un style digne, et de M. *Raynouard*, et de *Camoens*. Si quelquefois il m'est resté de l'espace, j'ai tâché de le

remplir avec décence et raison. Le lecteur jugera de
ma méthode d'après cet opuscule, et de celle de *Davanzati* d'après quelques extraits de sa traduction, pris
au hasard et sans choix :

Sed quoniam adrogantiam sævitiamque ejus intro-
spexerit, comparatione deterrima sibi gloriam quæsi-
visse.   Ann. I, 10.

*Ma volse, scortolo d'animo arrogante e crudele,
a petto a lui sembrare un oro.*

Miseratusque Augustæ extremam senectam, rudem
adhuc nepotum et vergentem ætatem suam.

                                              Ann. IV, 8.

*Compiantosi dell'età di Augusta decrepita, e della
sua mancante, con due nipotini col guscio in capo.*

Per idem tempus Asia atque Achaia exterritæ sunt.
                                              Ann. V, 10.

L'Asia et l'Acaia ebbero in questo tempo battisoffia.

Et uxore dejectâ plus potentiæ ostentando.
                                              Ann. XI, 29.

Che cacciata questa moglie salirebbono in cielo.

Nam matrimonium Silii vidit populus et senatus et
miles ; ac, ni properè agis, tenet urbem maritus.
                                              Ann. XI, 30.

*Silio ha sposata Messalina coram popolo, senato
e soldati, e se troppo balocchi ; Roma sarà di questo
marito bello.*

5

Tum, quidquid avitum Neronibus et Drusis, in
pretium probri cessisse.   Ann. XI, 5.

*Poi quante spoglie ebbero mai i Neroni e i Drusi
essersi date in pagamento delle sue corna.*

Adstititque tribunus per silentium, ac libertus in-
crepans multis ac servilibus probris.

                                        Ann. XI, 37.

*Comparille adosso il tribuno senza parlare, e il li-
berto che le disse villania da cani.*

Tentat clausa; inhorrescit vacuis.

                                        Hist. III, 85.

Cerca le camere; non v'è anima nata.

Que le lecteur me dispense de plus de citations de
Davanzati: j'ajouterai seulement que c'est en travestis-
sant *Tacite* dans un style aussi ridicule, que cet italien
du 17e siècle a prétendu prouver l'avantage de concision de sa langue sur le latin et sur le français. Par les
moyens qu'il explique et dont j'ai déjà fait mention, il
dit avoir trouvé que la langue italienne étant considé-
rée égale au nombre 9, la latine équivaut à $\frac{10}{9}$ et la
française à $\frac{11}{9}$. Quant à cette dernière, il fonde ses
preuves sur une traduction française de *Tacite*, Paris,
1584; je ne la connais pas; mais en 1584, le français
pouvait-il être ce qu'il est aujourd'hui, lorsque tous les
savans et les érudits n'écrivaient qu'en latin?

Au reste, chaque langue a ses beautés, et ses avan-
tages particuliers; elles sont toutes susceptibles de
perfectionnement, de même que sujettes à se corrompre

et à déchoir par manque d'ouvrages dont l'intérêt d'u-
tilité, ou même d'agrément, soutenu par la bonté
d'un style convenable, puisse recommander la lecture.

L'âge d'or de la langue portugaise a fini peu d'an-
nées après *Camoens*, c'est-à-dire, vers le commence-
ment du dix - septième siècle : sonore, abondante,
exempte des sons gutturaux et aspirés de l'espagnole,
elle s'est progressivement chargée de nombreux *hiatus*,
de, *désinences* d'un son nasal, ingrat et antiprosodique,
de répétitions inutiles d'*articles*, d'une traînante froi-
deur et d'un emploi abusif d'épithètes vagues ou in-
signifiantes, surtout dans sa poésie. Malgré les efforts
que, de temps à autres, quelques littérateurs portugais
instruits et de bon goût ont faits pour rendre à leur
langue son ancien éclat et sa correction classique, elle
est aujourd'hui à son âge de fer.

FIN DES NOTES.

www.ingramcontent.com/pod-product-compliance
Lightning Source LLC
Chambersburg PA
CBHW061651180626
46818CB00003B/1056